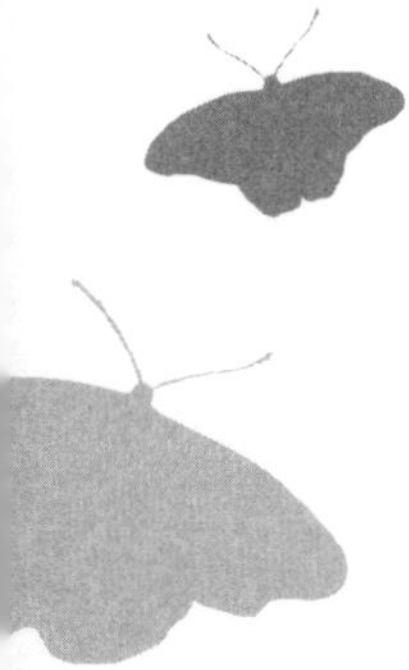

詩集

# 大地の声

堀田京子

コールサック社

詩集

# 大地の声

目次

## Ⅱ章 「大地の声」

## Ⅲ章 「明日への祈り」

## Ⅳ章　ふるさとの歌



## Ⅴ章　長編詩　昭和の心

詩集

# 大地の声

堀田京子

序詩 「命」

人の文字の下に
はじめにたたく文字
それは心臓の事
命の成り立ちを知った

# Ⅰ章　「心」

# 心

何でも買える時代に
買えない物が一つある
人を憂える　優しい心
休むとは　人が木に寄り添うことらしい
体とは　人が本来的なものと共にあることだろうか

# 幸せ

1

土の下に羊に似た文字
それが幸せ
幸せは
辛い文字にもどこか似ているね
辛いことの後には
きっと幸せが待っているんだよ

2

人は誰かのために
なにかをするといいんだよ

心が満たされて
幸せが体中に
ジワーっと広がってくる
幸せってあたたかい
幸せってまるで青いお空の様
生きているって素敵だね

3

食べられぬ朝は
食べられる幸せに感謝する
眠れぬ夜は
眠れる幸せを教えてくれる
ねむの木の
胸ときめかせ咲く花よ
今夜はゆっくり眠るが一番

# あるがまま

雨が降ったら雨宿り
暗雲翳《かげ》る日には
無理をせず
成り行きに任せよう
転んだら
起き上がればいい
けがをしたら
治るまで待とう
考えても変わらないことは
考えない事が一番だ
しばらくは

# 自由

知らなかったよ
自由って　幸せのことなんだ
自由の女神様に感謝だね
自由は心が決める
でも戦争はすべての自由を奪う
ならぬことはならぬ
この世から争いがなくなりますように
人は自由に生きるために生まれてきた

# 不思議なこと

歌おうとすると　歌えない
書こうとすると　書けない

構えるから　駄目なんだ
固まったら何も出てこない

解放された自由な身体と精神
心が踊り出したら
歌は喜び　歌になる
言の葉煌《きら》めき　詩となる

# 夢

犬になれたら　いいのにな
背中が　弓なり
いつも　前を向いて歩いてる
舌べろを　だらんとさせて
腹式で　ワワンとなく
遠吠えだって　うまいんだ
お前の発声　百点満点
私にゃ　技がないからね
お前のまねは　難しい
犬に変身出来たら　いいのにな

ドッグヴォイスは　私の憧れ
まだまだ　修行が足りません
いつかは　仲間になれますように
尻尾を丸めて　ねじ巻いて
日々精進の　私です

# ミミズ

目みえずメメズ　普通ミミズに太ミミズ
働き者のミミズさん
縁の下の力持ち
あなたは　なぜ家を捨て
地上に出てくるのか聞きたい
自殺願望でもあるまいものを
命がけで脱出しても
ユートピアはここにはないのだ
知ってか知らずか浮世は生き地獄
灼熱のコンクリートの上で　悶《もだ》えてミイラに

生きながらアリンコの餌食　のびて死を待つ
ひたすらに土を食べ
よい泥生んで地球をよみがえらせ
雌雄同体のまま一人で生きてきたお前
強烈な農薬からも身を守り
目も耳もないが生きながらえてきたおまえ
産卵を終えたミミズの宿命か
その身を他者に捧げるためか
そうだったらまるで神様だね
知れば知るほど解らぬお前の心
真実はお前だけが知っている
草の下で眠るがよい
お前の骸《むくろ》　畑に埋葬

# 蟻

一匹のクロ蟻に世界を見る
生きるための冒険か
裸一貫　出稼ぎか
そんなに急いでどこまで行くの
草むらをあとに
グラウンドにやってきたお前
そこは灼熱砂漠
人々の靴底がお前の命をつぶす
速く古巣へ帰るがいい
お前の家族が待っている

私は蟻の人生を奪わぬよう歩く
私もまた一匹の蟻に似ている
迷いつつ一瞬の今を生きる

# 顔

人様をよくよく見れば　魚に似てる
ナマズ顔　泥鰌顔　鯛の顔
人は昔　魚だった
人様をよくよく見れば獣《けだもの》に似ている
ゴリラ顔　象の顔　ライオンの顔
人は今も動物だ
西洋人に東洋人　黒人に白人
先住民族　アイヌにアボリジニ　インディアン
人はみな兄弟だった　争うことはないのだ
地球は一つ　宇宙の仲間

## 二人の清掃員

うすのろばか野郎
ろくでなし
あんぽんたん
罵声のシャワー
どやされ無言の清掃員
障害と言う看板を背負っているから

どやし続けるあんたこそ愚の骨頂の清掃員だ
亡者の様な恐ろしい顔を見た

# 猛烈

猛烈な雨はなぜ降るの　天が号泣しているからさ
猛烈な風はなぜ吹くの　地上の汚れを一掃するためさ
猛烈な暑さはなぜくるの　地球の悲鳴が太陽を笑わせたから
猛烈な雪はなぜ降るの　この世を綺麗にするために
猛烈な女は別嬪《べっぴん》さんになり嫁になる
そして実権を握り　嬶《かかあ》になり婆さんになり姑《しゅうとめ》になる
猛烈な時代は自然をぶち壊し　人の感性を鈍らせる
自分自身を見失わぬようにしなければ

# Ⅱ章　「大地の声」

# オオムラサキ

オオムラサキ蝶の飛ぶ清瀬
エノキの花の咲くこの街は
お前のふるさと産まれたところ
エノキ大好き
たんとおたべよ　おかわり自由
お前の母さんが　抱っこする
お前の父さんが　おんぶする
オオムラサキの飛ぶ町で

## 大地の声

私は鳥になれないけれど
心に翼をつけて　羽ばたこう
あの夕焼け雲の彼方まで

私は猫になれないけれど
心の向くままに　自由に生きる
時には甘え昼寝して

私は犬になれないけれど
心の嗅覚を研《と》ぎ澄まし

世の善悪をかぎわけてゆこう

私はモグラになれないけれど
大地の声を聞く耳を持とう
闇の中でも光に向かい歩いてゆこう

私は花にはなれないけれど
妖精になり花を咲かそう
春が来れば甘い香りも溢れるでしょう

# オオイヌフグリ

瑠璃色の輝き　オオイヌフグリの花
今年も　春を忘れずに咲きそろう
地べたに這いつくばり生きている
まるで夜空にまたたく満天の星のような花々
かぐわしく美しい　一点の曇りもない
この花のように　私はなりたい

# 沈丁花

あなたが好きです　沈丁花さん
暗闇にぽっかり浮かぶ　白い花
怪しい香りが　私を呼ぶの
希望の花よ
赤い額つけみんなで咲けば雪洞《ぼんぼり》のよう

花言葉は　栄光　永遠　不死　不滅　歓楽
学名はダフネさん
妖精と恋に落ちたあなた様
私もあなたに　首ったけ
日本中を　幸せな香りで包む
春の季節は　新しい恋の季節

## 馬鈴薯の花

産まれはアンデス
名前はジャガイモ
馬の鈴のように可愛い奴
「情け深い　恩恵」という花言葉を持っている
飢饉からひとをすくい
世の為人の為に貢献したお前
どこにでもころがっているあなたのように
わたしも生きたい
花はうす紫の白い花
上品な感謝の花

# 二人静

花が好き
何も言わずに咲く
あなたが好き
誰が見ていなくても
一生懸命に咲く
あなたは慰め
踏まれても太陽に向って咲く
嵐にも負けず精一杯美しく
風吹けば風になびき
あなたらしく咲く
二人静

# 白い花

いつまでも
一緒に
あなたといたい
白い花よ
寄りそう花よ

どこまでも
一緒に
あなたと歩きたい
白い花よ
わたしは二輪車

# バラは愛

紅の大輪バラは　信じ愛
私の大事な　あの人へ

純白の素敵なバラは　花嫁さん
おめでとうの花　めぐり愛

黄色バラは　お月さんの様
疲れた人を　慰めて　語り愛

もも色バラは　恥じらいながら

みつめ愛　十九の春を慈しむ
ほのかに香る薄紫のバラ
ごめんね　許してと　むつみ愛

アンネのバラは　朝焼け色に
助け愛　勇気のお花　平和を祈る

どの花も　ありがとうの　思いを込めて
香り貴き神秘な出逢いに　愛を見る
五月の風に　天使のように踊ってる

別れのその時を　知っているかのように
胸震わせて　切なく　美しく　香しく
今の今を　溢れる愛に包まれ生きている

# 百合の花

我が宿の　においゆかしき白百合よ
白より白い　白百合よ
希望の花よ
帰らぬ君を偲ぶ花
真っすぐに　清く生きよと咲く花よ

我が宿の　風にも負けず黄百合よ
月より黄色い黄百合よ
夢みる花よ
笑顔忘れずめげぬ花

たおやかに　真実一路に咲く花よ

我が宿の　この目に滲みる赤百合よ
燃えて燃えたつ赤百合よ
勇気の花よ
帰らぬあの日を偲ぶ花
泣かないで　逞しく生きよと咲く花よ

# 屁糞かずら

どこか懐かし　かずらさん
臭いと言われて　嫌われものだが
聞く耳持たずに　からみつく
小さな白い　花盛り
白いフリルをまとい可愛いく咲く花々
芯には　えんじのビロードつけて
おちょぼ口して　オシャレて
次から次へと　広がって
我が夏を　謳歌する
誇らしく　楽しそうに暮らしてる
お前はかっこいいね　素敵だよ

# ドクダミ

気の毒に　ドクダミなんて呼ばれてさ
お前にゃ毒なんかないのにね
薬になること知らんのかいな
あなたは十字架を背負って生きるイエス様
お前もどこか寂しいんだね

# ミカンの花

はじめて咲いた　白い花
古希の記念に　植えた苗
今じゃわたしと　せいくらべ
笑顔の花よ　白い花
嬉しくなって　花を抱く
毎日わたしと　おしゃべりしてる
アゲハさんには　葉っぱを分けて
私にゃ　白い花見せて
バッタさんには　お宿を貸すよ
いつか　実の成る時が来る

その時を　待っていましょういつまでも
胸張って　歩く私を見ていてね
「ありがとう」
言えばこたえる　白い花
好きです「親愛」の花言葉

# クルミの木

あなたは私のお気に入り
いつもあなたを見ています
空いっぱいに枝広げ
緑の服着て　ささやいている
小鳥を休ませ　風を呼ぶ
枝先に大きな実をつけブーランコ
兄弟仲良く遊んでる
幹に触ればあたたかい
木陰には入れば　風さやか
この樹の下で、歌いたい、くるみのうたを

大地に根を張り踏ん張り生きる
あなたが大好き
豊かな実りを　カリカリぽりぽり戴きます

## 麦の詩《うた》

小麦　大麦　ビール麦
青いその実を　手のひらに
かめば滴る白い乳
自家製ガムのできあがり
かみかみ歩いた　あの日あの時
チュウインガムはふるさとの味

踏まれて麦は強くなり
麦は踏まれて麦になる
麦の歌
野にひびき行け
明日の夢

# Ⅲ章　「明日への祈り」

# 針

裁縫という言葉が生きていたころ
女は夜なべして繕いものに精出したものだ
ひざ当てや足袋の修繕　洋裁
洗い張りして着物も再生させていた
寝具夜具まで自らの手で作っていたものだ
裂き織りや布草履に再生して甦らせ
一枚の布の命を大切に使い切っていた
貧しい暮らしゆえにほころびを繕った
喜びも悲しみも愛さえも縫い込んでいた

今は新品でも気に入らなければ処分　全て使い捨ての時代
人まで使い捨てされかねない現代
人間はいつの間にか針を使わなくなり
大切なものを忘れてしまった
豊かさとはたんに便利であることではない
金や物に換えられない精神のあり方のことだ
時代と共に荒み行く心の荒廃
勝手にしやがれの世界は哀しい
御不用になりましたご主人さま　高齢者は御座いませんか
無料でお引き取り致します　なんて回収車が来そうだなー
人が人である限り優しさや思いやりの持てる社会であるよう
祈るばかりだ

# 千人針

ひと針ひと針に願いを　込めて結ぶ
武運長久　帰還を祈る　弾止め
四銭玉は　死線を乗り越えられますように
九銭縫いつけ苦戦の御守り　銃後の守り
虎は千里行って千里帰るという
勇ましい虎にあやかり虎の絵を描く
切ない女の気持ちをこめた赤い糸
千人もの嘆願書を
出征兵士の腹に巻く
どんなお守りがあろうとも

戦争は　殺し合い
命は一つ
生きるか死ぬか
殺すか殺されるか
命は平等　空しい南無阿弥陀仏
二度と再び赤い糸を結ぶような日がきませんように

# わだつみの唱

特攻の夏　千人針
一銭五厘の赤紙一枚
りりしい　少年飛行兵
恋人や愛しいわが子　父母の名を
叫びながら　砕け散った若き兵士
天国での　再会を願い
爆弾の雨の中
戦火に消えた儚い命

繰り返すまいこの惨事

消えていった人々の御霊に
群青のレクイエム
あれから　七十年　忘れまい
どんなに時がたっても
私の頬は濡れたまま

ふるさと遠いペリリュー島で玉砕
インド洋の藻屑と消えた叔父達の人生を返せ
犠牲となった全ての人間の命を返せ
人が人を殺すことはならぬ
人は人に殺されることもならぬ
ああ　この世の理不尽
戦争の馬鹿たれ
戦争は破壊と死
永久に許すまじ　戦争を
平和への誓い　新たに

# 進化

まだ進化したいのですか
電気なし　原発なし　金なし
地位も名誉も肩書もなし
愛の巣一つで暮らす生き物達
笑っていますよ
鳥や獣たちが
人間の欲望のあさましさに
これでもかこれでもかと
生き急ぐ人々
進化とは進んで化けること

進化しすぎは地球破滅への道
立ち止ってみてください
自分の首を絞めてはいませんか
縄文時代には帰れませんが
ほどほどの暮らしが一番だと
そろそろ気づきませんか
豊かさとは　何なのでしょう
いいじゃあないの　幸せならばといいつつ
故郷を捨て　親を捨て　彼を捨て
文化を捨て　神まで捨てた
手に入れたものは人口頭脳
私達はどこへ向かって
どこへ歩いて行くのでしょうか

# 知っていますか

粉雪降る晩に　ガード下のルンペンさんに焼き立てのパンを配る人
がいることを　優しいとは人を憂える事なり　温かき真心

震災から間もなく五年　風化の危機　問題山積　癒えぬ傷あと　原
発ゴミの行方やいかに

そんなの関係ねー　いいじゃないの幸せならば
金だけ自分だけと　振り込め詐欺　悪徳商売はびこり目にあまる
狙われる高齢者　世の中凶暴な事件続き　殺伐たる日常

スマホにネットにタブレット　どこでも電波の大洪水　溺れしまま
の中毒患者　ノアの箱舟木の葉のごとく

飽食の時代　食べ放題のバイキング　アフリカでは飢餓に苦しむ
八億五千万の民　一分に一七人が餓死　あなたの無芸大食も自慢
にゃならん

たかが蛸されど蛸　取りつくいされ食べつくされ種の絶滅危機にあ
る地中海の八本足さん　自然界は連鎖　つながりの中で生かされて
いる　駄目よダメ採らないで

鳥の世界も受難です　オジロ鷲さん頑張って　沖縄名護の辺野古
じゃサンゴの危機　基地はいらない青い海を埋めるな　水族館では
マグロさんの大量死　なんでだろう

母なる海に忍び寄る文明という侵略者　父なる大地を人間は汚染三
昧　かけがえのない星　地球の未来やいかに

人類みな兄弟にあらず　ヘイトスピーチに怪しき出版物
自由や権利を盾にとり　なんでもかんでも主張する人の群れ
人をおとしいれて自分だけ幸せになりたいのでしょうか　耳をすま
せばジョン・レノンのイマジンのメロディ

巨大な政党助成金の行方やいずこ　今や国の借金一千兆円　騙され
やすい庶民　なんとしてもこの国の平和憲法守れと民の声　耳に入
らず　国会議員の耳に念仏

どくろの憂い　ポルポト二百万人虐殺の悲劇を忘れ　憎しみのるつ
ぼ　やめられない止まらない殺し合い　悪魔の呪い　戦争　アメと
ムチ　知らぬなら知ろう事実を　学ばねばならぬ歴史の真実

独り死の時代　覚悟は良いか　明日は我が身と思えば侘し
時には老体にカツを入れ逞しく生き抜こう　たそがれ迫りたれば
便利屋さんの御世話にあやかり潔く生を全うしよう

かしこみ　かしこみ　憐れみ給え　救い給え　清め給え
神頼み　ああ無情

# 三・一一　あれから間もなく五年

メルトダウン　汚染された大地
じだんだを踏みながらなぜ　なぜ
分からない　見えない一寸先
静寂の中の恐怖　放射能の威力

月に向かって　吠えれど　聞こえず
太陽に向かって祈れど　届かず
星を見上げて泣いた日々
一瞬にして奪われた大切な宝
築きあげた全てが喪失した

心の扉はあの時から閉じられたまま

かけがえのないふる里を　追われて流浪の民
地域も　家族も崩壊の危機　さまよえる二十万の民
涙で振り向いても　なにも見えない
虚無感の中ひたすらに絶え歩く
やりようのない　気持ちを抱えたまま暮らす
あの日から続く人々の闘い
固めたこぶし振り上げ　原発反対

バラ園の夢破れて双葉園
人生の全てをかけて築き上げたバラ園
七千株のバラの嘆き哀しみ愛おし
五万人の来園者の思い出まで消し去った
バラ園の甦る日を憧れ夢に見る

福島の自主避難者十一万人の行方やいかに
住宅支援打ち切り　弱者いじめ
普通にご飯が食べられますように
普通に外へ出られますように
普通の暮らしが夢
頑張ることの限界の中で
冷たい仕打ちに泣く
本当の空　青い空が恋しい

# ねばならぬ

太陽は　照らねばならぬ
月は　昇らねばならぬ
星は　輝かねばならぬ

雨は降らねばならぬ
風は吹かねばならぬ
雪は積もらねばならぬ

木は伸びねばならず
花は咲かねばならぬ

タンポポの種は飛ばねばならぬ

アリは働かねばならぬ
カタツムリは這わねばならぬ
虫は交尾せねばならぬ

スズメは跳ばねばならぬ
カラスは啼かねばならぬ
ツバメは海を渡らねばならぬ

豚は太らねばならぬ
牛は食べたものを反芻せねばならぬ
ニワトリは卵を産まねばならぬ

魚は泳がねばならぬ

猫は眠らねばならぬ
犬は吠えねばならぬ

鶴は千年　亀は万年
地球はメリーゴーランド
すべての生きものはめぐりめぐる
人は生きねばならぬ
人として生きねばならぬ

核に汚染された大地は
甦らせねばならぬ
すべての生きとし生けるものの命の為に
八百万《やおよろず》の神の名のもとに

# この道

カッターで切つければ　犯罪になるが
ありあまる言葉の暴力でも　何故か　罪を問われない
口からでた言葉は永久に消えない突き刺さり心に傷を残す
人間は突然本音が出てしまう生き物なのだ
人の心は壊れやすいものなのに
自己中人間は　相手の心に泥靴で踏みこんでくる
鈍くなった感性　ぐさっと胸に切りつけわがもの顔
たとえ昨日の友は　今日の敵であっても後悔はしまい
怯えることはないのだ　何も悪くはないのだから
肝っ玉のでかい人間になろう

受けた傷を修復するのは　ほかならぬ自分にしか出来ない
危険がいっぱいの時代　生きることの難しさを思う
紺碧の空に　心を投げだそう
森を歩けば　黄金色の金貨草が私を迎えてくれる
くらい夜空の星くずや三日月を眺めれば心いやされる
明日はまばゆい太陽のあたたかい愛に包まれて
素直な自分を取り戻せるに違いない

美しいものを見つめ　自分の道を行けばいい
感じるまま信じるまま　この道を行けばいい

# 不安

もはやこの国は戦場にある
喰う事に困らないこの国で今何が起きているのだろうか
人は一体何時から　人を殺す権利を得たというのだ
企業戦士は会社のために　人生を捧げた
殺されても　殺しはしなかった
人の命が守られない時代は狂である
人が人でなくなったら生きている意味はない
人をみたら泥棒と思えとはいうけれど
誰でもいい殺したかった　などとおぞましきかな
死ね　ぶっ殺すは禁句ではなかったのか

ある日悪魔がやってきてあなたの心に住み着いたのか
自然とは自ずとしからむ　つまりあるがままと言うこと
余りにも自然をいじりすぎ人間は壊れてきたのかもしれない
複合汚染それとも遺伝子組み換え食品のしっぺ返しか
我もの顔の人間の群れ　負の連鎖の拡散
蝋人形のように固まってしまった感性
人は情を捨て去り　もはや冷たいロボットのようだ

「押しつぶされそうなあなたへ
　心の疲れたその時は　野の花見つめてごらん
草の葉一本にも神や仏が宿ってござる
咲く花の　甘い香りに包まれたなら
花の精達やってきて　心の闇に灯かりをともす
青いお空に深呼吸　きっと何かが見えてくる

ギスギスしたトゲもぬけるはず
あなたの心も洗われるはず
そっと目を閉じ手を胸にあて
生かされている意味を考えてみたら」
それでもだめなら　修行だね　六根清浄　阿弥陀様阿修羅様
人の失敗を喜ぶものは　自分の失敗に泣く
人の不幸せを願うものは　自分の不幸せに泣く
人に優しい人間は　優しさを戴く事が出来るんだって

経済重視の　ネット社会
もやもや病の国民の愁い　人間の精神が破壊されつつある現代
当たり前の顔をした詐欺師が横行し
DVに虐待　ヘイトスピーチにテロ　なんでもあり
人はスマホに縛られ自由を捨て去る
巷にはゴミが　溢れている

恥も外聞も時代の波に　打ち消されたのだろうか
寿命伸びて路頭に迷う老人
病院頼りの高齢者　迷える羊は　葬り去られる
人口頭脳ロボットでも人間にはなれない
原発止めろと叫んでも　馬耳東風　汚染水じわじわと海へ
核は破壊の元凶である
億万年も消えないウラン怪物に気づきつつ
人類のみならず地球上全ての生き物を滅亡に追いやる
自然は破壊されて　地下も地上も傷だらけ
便利さの恩恵に甘んじる今世紀
複合汚染　異常気象　地球は悲鳴をあげている
住みかをなくした動物
除草剤や消毒剤で瀕死の土に息づく植物
言葉にならない声がきこえる
この上憲法改悪や特定秘密保護法などとんでもあるまい

何気なく過ぎゆく日々の中　取り返しのない問題が潜む
燃えるような夕焼けを眺めつつ
砂漠に一輪の花を咲かせることのむずかしさを思う
日本一の富士の山よ　純白な雪よ
この世で一番汚れっちまった新人類
人間様に　生きざまを教えてはくれまいか
寒空を飛ぶ　美しい小鳥たちよお前は何思う
母なる大地　山よ河よ　ふる里の地よ
父なる空よ　はてしない宇宙よ　海よ　永遠なれと
国境を越えて平和の花が咲きますように

# いいのかな

やーぶらこうじ　ぶらこうじ
喰う寝る所に住む所
飢えも乾きもなく
欲しいものはなんでも手に入る
言いたい放題　やりたい放題
我がまま気まま　なんでもありーな
哀しむ感性も失ってきた
豊かさとは何かと問う
人が人でなくなった時代
一番大事な心は貧困の極み
抜け殻になってしまったのだろうか

# 我が道

画家は　息絶えるその日まで
白いキャンバスに　己の思いを絵に託し描き続ける
彫刻家は　我が身を削って作品に魂を投入し　無から有を生もうとし　息を引き取るだろう
農民は　土に生き土に死す宿命
動けなくなるその日まで賢治の精神　田や野菜の事を気にかけて
歌い手は　美声に酔いしれながら　芸の為にならら命さえ惜しくない

と思いこみ　命の限り歌い続け　この世を去るだろう
詩人は　新しい時代を見据えて　己の心と向き合い自分を語り
かけがえのない命を　終えるだろう
料理人は　美味を追い求め世界をかけ
食べられなくなるその日まで　飯を味わいつづけるだろう
踊り子は　赤い靴を履いたまま
夢の中でも踊り続ける　その身が朽ちる時までも
道化師は　病の床にあっても
人を笑わせ　孤独をかみしめるに違いない
怪人は　永遠にその仮面を脱ぐことなく

正体不明のまま　この世を去るだろう
百人に百通りの尊い人生　ひたすらに我が道を歩むのだ
雨ニモマケズ　風ニモマケズ
人はそれぞれの人生を　全うするために生かされている

# 人間様

うさぎはうさぎらしく　暮らしていればいいのです
オオカミの仲間になろうなんて　バカなことを考えるから
わなにかかるのです
美味しい草を食べ　昼寝をし　時には胸ときめかせ暮らす
そんな幸せはないのです
うさぎ穴から一歩出ればそこはもう危険地帯
狐もいればタヌキもいます　あたりには落し穴
鉄砲で撃たれたらおしまいさ

人間様とはどんな生き物なのでしょう

欲の固まりなのでしょうか
性善説なら皆いい人　愛の人　性悪説ももっともだ
スポーツ界も薄汚れ　世界のサッカーどろんどろん
政界財界　企業界　怪しい眉つば物ばかり
生きるほどに解らなくなる人間の本性
魔法使いになったり妖怪になったり詐欺師になったり忙しい
王様になったり乞食になったりなんにでも変身できる人間
遺伝子を組み替えたりロボットに働かせたり
ドローン様の登場　全て悪用されませぬことを切望する
地上から永遠に消えない核をもち戦争という殺し合いもする
この世で一番不可解な生き物　人間様

# 一週間

一週間
日　生きとし生けるもの達へ　等しく光を降り注ぐ
　慈しみ深き　天の神様　おてんとさん
私もお陽様のような笑顔でいたい
月　宇宙は見果てぬ夢とロマンに満ち
　この世の闇を照らしてくれるお月様
私のお願い叶えてね
火　火と共に生きてきた人間の歴史あり
　情熱の炎　燃え尽きるまで生きる
私も心の灯消さぬよう
水　山から谷へ　自由自在に流れゆき

大いなる海へそそぐ　命の泉流れ行く
私も貴方のように自由でいたい
木　どっしりと　大地に根を張り生きる
小鳥を休ませ　クリーンな酸素を与えたもう
大樹のあなたを抱けば幸せに
金　金は天下の回りもの　まわし物は御免だよ
キラキラと星は輝き　明日の希望を語る
私も輝いていたいなー
土　命育む　母なる大地を　讃えよう
五穀豊穣大いなる恵みに感謝し今を生きよう
生きもの万歳　地球よ永遠なれ
かけがえのない一週間　お陰さまで生かされて
一期一会　一期一歌　何かいいことありそうな
歯車に押しつぶされぬよう　今自分に出来る事を
夢のように時は流れ　新しい時代が始まる

ありふれた暮らしの中に
平和が息づくこの国でありますように

# 八三歳のあなたへ

新しい年がめぐって参りましたね。厳しい冷え込み、高齢の身には応えますね。私はすでに足に霜焼けが出来てしまいました。久しぶりにお元気そうな声を拝聴出来嬉しかったです。ウイーンフィルの新春コンサートに耳を傾けながら、この手紙を書いています。おなじみのウインナーワルツが流れています。

あなたと出逢って早八年、人生はあっという間にすぎて行くものですね。独り暮らしの私には、娘さんやお孫さんと一緒に暮らせる幸せが、うらやましく思えました。努力家のあなたは第二の人生をヘルパーという仕事一筋。長い間、世の為人の為尽くしてこられ、心より尊敬いたします。八十歳までお仕事を続けられ見上げたものです。その後もボランティアの道を懸命に歩かれて、まさに鏡です。かたわらでは家族の一員として家事を支え、まめまめしく生活しておられましたね。突然の入院、手術に戸惑うばかりでした。

あなたは小柄ですが健康そのもの、大変な働き者。くりっとした可愛い目、いつもちょっぴりオシャレで薄化粧してチャーミング。あなたの姿が目に浮かびます。十六歳の花嫁さんの写真は拝見したことがありませんが、初々しく素敵だったことでしょう。お姑さんとご主人に仕え、ひたすら野良仕事に精を出す以外、生きる道のなかったあの忌まわしい時代。生活の苦しい中、青春の真っただ中での子育て、大変だったことでしょう。再婚のお相手さんにもあまり恵まれませんでしたが、愚痴もこぼさず耐えて、つくした若き日々。夫さんを見送り後、懐かしい郷里を後に新しい人生を切り開かれたあなた。息子さんは立派に成長され、可愛い孫も授かり、喜びひとしお。ひ孫も生まれ、郷土の「ささら」を手に、楽しそうに踊られている写真を拝見したのは先日のことでしたね。喜ばしい限りですね。富山の思い出深い、家を売り払うと決めた日の寂しさは私も心が痛みました。可愛い三毛猫のネネちゃんは傷をいやしてくれることでしょう。

器用なあなたは、可愛い人形作りもお手のもの、市民祭りには毎度おなじみの猫ちゃんやお人形さんが勢ぞろい。福祉事業にも精を出され、昨年は名誉ある表彰。本当にご苦労さまでした。

好奇心旺盛な貴女は、海外への旅行も頻繁に行かれましたね。土産話を聞くのが楽しみでした。決断力があり、思い立ったら実行の貴女に刺激されました。物を書く事が大好きで、自分の生きてきた道を、振りかえり、ボランティアの記録や随筆集など世界に一冊だけの本も出されました。御一緒に「マンデラ」「リンカーン」「アナと雪の女王」などの映画を見たり、「生きる事・死ぬこと」等について語り合った日々を思い出しています。十分に働き、思いをつづられ、精一杯人生を駆け抜けて来られました。私は大先輩のあなたに、沢山のことを学びました。現実を受け入れて動じずに生きる事。人の道を踏み外すことなく、世の為につくすことは自分の為でもあるという事。たとえ病にたたられようと、逃げずに受け入れる事。人を思いやる真心の大切さを実感しました。あなたなら「めげない、にげない、くじけない」こころで頑張れると思いますよ。大輪の花を見事に咲かせたあなたを尊敬します。

飛鳥の船旅は御一緒できませんでしたが、また御元気になられたら参りましょうね。楽しみは先送り、夢はあきらめない事にしましょう。

地域の集まりにあなたの姿が見えないと寂しい限りです。仲間の皆さまも心配しております。また御一緒できる日まで、首を長くして待っておりますよ。暫くは温かいご家族のもとで冬眠し、力をつけて下さいませ。寄りそってくれる家族は支えですね。「念ずれば花開く」ことでしょう。春になったらきっと御元気になられると思います。では、日々穏やかに暮らせますよう心よりお祈りいたします。

陽だまりにシクラメンの花が首をのばし、爽やかに私とすごしています。寒さの中は、おもとの赤い実が輝いています。物騒な世の中、事件続きですが、心温かく、日々精いっぱい暮らしたいものですね。

御家族の皆様によろしくお伝えくださいませ。また会う日まで。

ごきげんよう　さようなら。

# Ⅳ章　ふるさとの歌

# 母

もう一度だけ
やさしい日差しのその中で
あなたの懐に抱かれて
ゆられてみたいわたしです
お耳の掃除してください
わたしは眠ってしまうでしょう
まぶた閉じれば
やさしい母さんこの胸に
懐かしい日々よみがえる
おひさまのタネの様な人でしたね
雑草《あらぐさ》のような人生でしたね
沢山のやさしさをありがとう

# 父

わたしの中に父がいる
タバコをふかす父がいる
泥にまみれて働いた父
誠実に生きる事を教えてくれた父
大きなその力で愛してくれたあなた
光と命を与えてくれたあなた

忘れないよ　星が燃え尽きても
やさしい笑顔とまなざしは消えない
美しい愛よ　歌声と共にこの胸に

# おばあさん

八十の手習いせし祖母
十九の私にラブレター
鉛筆なめなめ書いた
たどたどしい文字
寄りそってくれてありがとう
愛に満ち輝く
人生の宝物

お見舞いに行ったら
わたしの手を握りしめ

離さなかった
息子達を戦争に奪われ
苦難の人生
病床で震えながら泣いていた祖母
別れの時が来た
ありがとう　ありがとう
私も泣いた
あの時ほど祖母の愛を
深く感じたことはない
おばあさんは　わたしの守護霊だ

# 弟

1

おお　頼もしき弟よ
ビー玉　べーゴマ面子遊び
鼻たれ小僧のあの日のままに
今はただ　病に伏す身の哀しさよ
風よ吹け　私の祈り運び行け

2

ああ　弟よ
私の背中で　眠っていたね
遠いあの日
野をかけて行く思い出よ

# 妹よ

私のかわいい妹よ
抱き人形の好きだったあの頃
夢多き日々は行き
今人生の収穫期
明るく楽しく元気よく
三つの歌でも歌いながら
いつまでも

# 小鳥たちよ

わたしの可愛い小鳥たち
海越え山越え　飛び去った
遥かな国へ　自由の国へ
親にできる　ことは一つ
生きる土台を築いてあげるだけ
ああ　飛び去ってしまったのですね
さようなら
あなたの人生に幸あれ

## お別れ

冷たくなってしまったあなたの額
両手であなたのほほを包む
手足を静かにさする
震える私の心　熱い涙
好きだった背広をはおる
逝ってしまったのですね
私を独り残して
真心の人よ

# あなた

あなたは泣いていた
はじめて見た涙
おわら節が聞こえる
ふるさとの歌
♪　歌われよーわしゃはやす
万感の思いをこらえきれずに
涙があふれた
わたしももらい泣き
哀愁の歌
兄さんが好きだった歌
今でも　あの時の光景が
まぶたに焼き付いてはなれない

# V章　長編詩　昭和の心

## 長編詩　昭和の心

覚えていますか故郷の空を
かけがえのない日々が確かにあったのです
私の生まれた家それは阿頼耶識《あらやしき》（蔵の意）
土間のある大きな屋敷
大黒柱も床も黒光り
屋根はかやぶきくずや
四〇〇坪の敷地にたたずむ古民家
空っ風と　かかあ天下の里
名物は焼きまんじゅう
赤城の山の吹き下ろし

春来れば草木萌え
暑い夏には雷さまだ
秋には護国豊穣八幡様の
笛や太鼓に浮かれだす
寒い冬にはアカギレ霜焼け
つるべ井戸もあったげな

赤城山には次郎長さん
北風吹けばおお寒小寒
白根山には雪つもる
榛名の山には雲かかる
浅間山から煙が出れば
灰がシャリシャリ降って来る
上毛《じょうもう》三山どっしりと

麦飯ばっかり飯　ひや飯
大根飯にサツマイモ飯
つみっこ（すいとん）におじや
おなめちゃんに鉄火味噌
梅干しこうこがあればいい
お焦げちゃんには味噌つけて
懐かしいのは海苔の瓶詰　切り昆布
おっ切り込みで腹ふくれ
代用食は焼きもち・じりやき
祭りの日には米の飯
今じゃ贅沢三昧で
飽食の悲劇成人病
お殿様に御姫様暮らし
幸せボケして情けは消えた

いぐ（行く）かい
おっかねえ（こわい）やいねー
そうだいねー
嬉しいんよー
方言は宝
その表現はどんな言葉よりも心に響く
いまどき方言は古いらしい
標準語の味気なさよ

燃木《もしき》はパチパチ燃え上がり
飯炊き　風呂焚き　煙がしみる
へっついの灰をかき出すじゅうのさん
はじめチョロチョロナカパッパ
お釜はブクブク泡を吹く
茶釜はぶんぶく茶を沸かす

大鍋はぐつぐつ物を言う
ホウロクの豆コロコロと
裸電球ぼんやりと
自然の恵みに感謝して
ちゃぶ台囲んで夕餉かな
電気釜もポットもレンジも何もねえ
わたしは　スローフードで
こんなに大きくなりました
おてんとさんに有難う
今でも大好き母の味
ふるさと恋しやなつかしや

昔々あったっけ
お婆さんは川へ洗濯
お爺さんは山へ芝刈り

子どもは河原で障子洗い
新聞紙で尻をふく
そんな時代は何時の事
田舎都会になりました

おさんどん　子守り　たき木とり
空っ風の中麦を踏む
炎天下の田の草取り
雨の日の桑とり
野菜とり　乳搾り　内職
子どもだって大人と共に労働者　強く逞しく
悪い事すりゃ　えんま様に舌ぬかれるぞ
温かき祖母　両親　家族を守ってくれた人
大切な人でありました

星空眺めて露天風呂
田んぼにゃ蛙が大合唱
燃木《もしき》は煙い　火吹きだけのご登場

母は母ちゃんで
父は父ちゃんだった
川辺にはアカシヤの大木
夏来ればふさふさとした白い花
樫の木はどっしりと家の守り神
掘りおこたがあった
原始生活　川の字になり寝ていた日々　裸電球
ふるさとは　砂利道だった
風吹けば　砂埃舞い上がる
今　固いコンクリートで固められ
夏灼熱地獄　照り返しの中でうずく

冷蔵庫を　知らず暮らした
真夏　氷の塊は憧れ
冷房なんぞは知らぬがほっとけ
樫の木にブランコ揺れて
撹乱起こさぬように木陰ですずんだ

電話は村役場に一台
それでも生活は回っていた
今はスマホに縛られて暮らす
電磁波の怖さも自覚なし

自給自足のつましい生活
醤油しぼりに味噌作り
ゆでたて大豆の抓《つま》み食い
意気投合の村の衆

井戸掘りゃ家の基礎工事
母チャンの為ならエンヤコーラ
も一つおまけにエンヤーコラ

交通の手段は自転車リヤカー牛車
縁側の陽だまりにはお隣のおばちゃんがお茶飲み会
賢治の「雨ニモマケズ」の詩を　暗誦する少女がいた
「オツベルと象」のお話に聞き入る少年がいた
ゆったりと流れた日々は遠く去った
巷にはゴミが溢れ　無秩序な人間様が出来
時代の波はすさまじい速さでやってきた

雷　来たなら一目さん
蚊帳の中へ避難する
ヘソ取られたらお陀仏だ

蚤に喰われたてかいかいかい
おつるみカップル捕まえて
卵ぶちぶちつぶします
シラミ頭にゃ　ＤＤＴ
外へ出れば藪蚊がきます
ぶんぶんうなってむらがって
ハエ取り紙にかかるなよ

しろかきは父の仕事
夜の明けぬうち
牛の手綱は母が引く
家族総出の田植えです
私の爪はすり減った
緑のじゅうたん一面に
田の草取りは汗みどろ

病虫害には気をつけろ

蚕糞《こくそ》のむせかえる夏
家族ぐるみで桑とりだ
シャカシャカシャカシャカ
蚕はひたすら桑を食う
繭を作るために桑を食う
命がけで蚕の飼育
裸の蚕から絹が産まれるなんて
蚕の身体には　神様がいらっしゃるのに違いない

あれから半世紀以上
世は移り桑畑は消え失せ
蚕を知らぬ子等おりぬ
首を振り振り御蚕さま

ワシャワワシャ桑の葉食べていた
蚕糞《こくそ》の山のその中で
明け暮れた日々幻か

大きな黒いカバンを持って
御産婆さんがやってきた
妹の誕生だ
産まれる寸前まで働いていた母
タライで産湯につかる妹を見ていた

すべったころんだ　アカチンキ
メンタムひとぬり　チチンプイ
蚊に刺されたら　すぐ水かけろ
蜂にさされりゃ　歯糞をつけろ
痛けりゃ　イタチの糞つけろ

かゆけりゃ　ペロリとひとなめしとけ

頭痛けりゃ　こめかみに　うんめ（梅）をはればいい
胃袋痛けりゃ　炒りふすま抱いて寝ろ
気持ち悪けりゃ　舌をおさえてゲロゲロゲー

シャンプーするときゃめんめ（うどん）のゆで汁

畑でもようしゃ　穴掘って
用を足します葉っぱの紙で
お尻がこそばゆかったっけ

赤いお目めの白ウサギ
父の作りしうさぎ小屋
餌取りは日課です

ハコベ　なずな　仏の座
交尾成功　かかったぞー
やがて生まれる　可愛い子
白い毛が生えるまでは
黒い布でおおう
見たら赤ちゃん喰い殺される
育てて売ります五十円
夏はすずしく冬温かく
家族の一員うさぎちゃん
ああ　かわいい白うさぎ
ガラス玉のような赤い目よ
わたしの心で飛び跳ねている

愛猫タマちゃん　猫まんま
死んだら泣き泣き三本辻へ

穴掘りうめにゆきました
平成の猫ちゃんグルメです
放射線処理の高級餌にとびつく
かつぶしなんぞは見向きもしない
贅沢病になりました
命尽きたら南無阿弥陀仏
戒名もらってご供養します

竹藪の竹に花咲きご臨終
ザルにしょうぎ　草刈り籠
タケと共に暮らした日々
プラスチックのない時代
プラの破片は海の生態系を脅かしている
新築上棟祝いがあればどこまでも出かけた

まっ白い餅が宙を舞った
泥のついた餅を奪い合った
絹の様に柔らかい餅
おひねりを狙うが中々ゲットは難しい

金襴緞子《きんらんどんす》の嫁ごさま
角隠しにまっ白な化粧
鶴と亀でおちょめちょの儀式
親戚一同　村中で祝う
村の人もみんなお手伝い
御宮までぞろぞろついて行ったものだ
私は親の結婚式を知らない
写真さえない　戦争の渦中のこと
両親はひたすら働き通しの人生でした

あぜ道にはスカンポの花
リヤカー引いて畑へ急ぐ
ひょうっ葉　あかざ　蚊帳つりそう
夏は雑草との闘いだ
もう名前も思い出せない程の遠い過去
井戸水で冷やしたトマトの味は忘れていない
取れたてきゅうりのとげとげ懐かし
豊かなる大地堆肥でそだつ野菜たち
今　畑に人影はなく　何を嘆き悲しむ　耕作放棄地
除草剤をかけられ　黄色くしおれた雑草の無念
しかし雑草は強い　やがて復活する
これからの時代農村は過疎の地となるのであろうか
甦れ里山と共に

父の引く牛車

鎌でさつまのつるを手際よく刈る
うんとこしょ　どっこいしょ
サツマイモ堀りだ
イモの白い乳は手にへばりつき黒くなる
夕焼け小焼けで作業は終わる
父は芋ずるを荷車に積みこむ
私はてっぺんにとび乗る
ガタゴトゆられて
洗いたての生芋をかじる
じんわり甘くてうまいんだ
カリカリネズミの気分だったなあ

ご機嫌の父は陽気に鼻歌を歌っていた
♪昔とちっともかわっちゃいないー
見る度辛いよ　おいらのなーおいらのー胸が

山の好きだった父　戦争で奪われた青春
アイゼンは錆つき　子どものおもちゃになっていた

父の天婦羅　世界一　揚げ物名人だった
芋　茄子　いんげん　かき揚げ上手
ショウギいっぱい天婦羅の山
七人家族の腹を満たしてくれた

花の好きだった父
霧しまつつじが咲くたびに
真赤なその花の中に
あなたを感じます

母の手料理天下逸品
たくわん　白菜づけ

きんぴらごぼうに五目豆
煮っころがしにふかしイモ
遠足の時は　ゆでたまごと握り飯
粗末な弁当　見られたくなくて
新聞紙でかくして食べたっけ

タケノコの皮に
紫蘇入り梅干くるんでしゃぶる
三角おやつ　チュクチュクしゃぶる
じわじわ旨みが滲み出る
梅干くって
タネ割れば　中に天神寝てござる
コリコリ　戴きそうろう

月が出た出た十五夜だ　アヨイヨイ

お飾りしましょう　ススキの穂
柿　栗　なし　芋　供えましょ
五穀の恵みに感謝して　サノヨイヨイ
ご近所のタンサンまんじゅうコソ泥します
長い棒の先に釘を打ちゲットします
無罪放免　スリル満点　月夜の楽しみ

カレーライスは肉なしだけどうんまいぞ
小麦をフライパンできつね色に炒めてね
カレー粉はＳＢ
お皿まで猫のようにペロペロなめたことよ

両手ですりばちしっかりおさえ
すりこぎ棒のお出ましだ
母の手さばき日本一

あっという間にごまみそ出来た
あっという間に白和えできた
コンニャク芋をすりおろし
こねこねするのは母ちゃんだ
プルプルコンニャク味噌おでん
ユラユラ湯気が立ち込めて
みんなで戴き　腹ごしらえだ

朝一番　物うりの声
自転車こいで納豆屋さん
ラッパ鳴らして豆腐屋さん
七色トンガラシのおじさんは長いひげ
赤い帽子に赤い服
キャンディ屋さんの鐘の音聞けば心も踊る
ゴムひょうたん型の

ボンボンアイスにむしゃぶりつく

駄菓子屋の探り袋のなつかしや
グリコのおまけはいずこにか
炎天下裸足でかけ出す
ラムネの味がわすられぬ
金平糖《こんぺいとう》にかりん糖
金太郎飴も大人気
お金のないときゃニッキの根っこ

べーゴマ　メンコ　ビー玉遊び
ビーズにリリアンぬり絵も楽し
着せ替えごっこはいつの事
テンテンまりつきはずみます
♪一番初めは一宮

♪雪はちらちら向こうから
路地裏のマリつき日暮れまで

娯楽の殿堂《でんどう》紙芝居屋さん
水あめや鼈甲《べっこう》あめ
ペロペロなめれば　大当たり
黄金バットの続きが見たい
路地裏に拍子木《ひょうしぎ》の音ひびきます
子どもの広場はもうありません

とっかん屋さんは名人だ
トウモロコシをはでらかし
美味しいおやつにしてくれる
鷲つかみしてみんなで食べた
手なんか洗う事もなく

バリカンで　母ちゃん床屋の男の子
いがぐり頭の出来上がり
風呂敷を肩にかけ　目をつむりゃ
おかっぱ頭の出来上がり

四ツ葉のクローバーを探し歩いたあの頃
本の間に残れし幸の日々
シロツメクサの花冠やブレスレット
首にかければ女王様
シュミーズひらひら踊りだす

きいちのぬり絵　可愛いな
写し絵しましょう　楽しいな
着せ替え人形も踊りだす

リリアン編み々々嬉しいな
リボンの雑誌の回し読み
ひばりちゃんのプロマイド
数珠《じゅず》玉つなぎは根気もの
一粒一針つなげます
特製ネックレス作ります
憧れは少女雑誌の
川田孝子に正子ちゃん
みかんの花咲く丘の歌
小鳩クルミにトモ子ちゃん

おたんこなすカボチャの絡み合い
芝生に寝転び
ねじ花を摘みし幼き思い出
私の遺伝子もねじ花のように絡み合い

子ども達に流れている
泥鰌《どじょう》もたにしも絵の中へ
コオロギは生き残り　秋が来たよと
一斉に鳴き出した

カバン投げ出し　クズ鉄拾い
電気工事のおじさん見れば
心うきうき　アカガネ（銅線）ゲット
計りの目盛りは間違いないか
小遣い稼ぐ小学生

砂利ふるいの土方仕事
父のお助けマン
四匹の子豚は

みんな働き者だった

内職なら花作り
絹のスカーフかがります
どこのどなたが　飾るやら
どこのどなたが　はおるやら
幼い娘の　見果てぬ夢はるか

タバコの葉っぱの収穫だ
一枚一枚丁寧に
縄をよじって挟み込む
庭一面に干し上げて
夜になったら取り込みましょう

マメ打ちしましょう

クルリンボウ
回せばはじけてマメが飛ぶ

穂波も揺れて　収穫だ
脱穀機うなれば　米が踊りだす
モミは宝だ　むしろに寝かせ
三日三晩干し上げる
黄金の麦だ　収穫だ
ノゲにさされりゃ　かいかい病

ネギ坊主ちぎって捨てる母がいた
手早に桑摘みをしながら
尺取り虫をちょん切る母がいる

大工仕事に精出す父

ねじり鉢巻きをし
人生の並木道の鼻歌交じり
泣くな妹よ　妹よ泣くな
耳にえんぴつをはさみ
カンナを削っている
誇らしい父が微笑む
タバコ（バット）の煙
汗のしみ込んだシャツ
父の臭いがしていた

無情の夢　歌好きな祖母
あきらめましょうと別れてみたが
なんで忘りょう忘りょうかー
肩たたき一回十円
耳に残るは　阿波の鳴門の物語

義太夫に浪花節のくらし
やると思えばどこまでやるさ
吹けば飛ぶような将棋のコマに
三波春夫の人生劇場
生きな黒塀のお富さん
湯島の白梅てなもんや

お庭いっぱい洗い張り
母の着物は風になびき
まるで踊っているようでした

虫干ししましょ土用干し
タンスの中に風を送る日
着物のオンパレード

父の作った藁でっぽう
中には芋がらはいってる
　とうかんや　とうかんや
昼ダンゴくってぶったたけ
　夕飯くって　ぶったたけ
地面をたたいてポンポン
もぐらどんは　おったまげて　逃げだすさ

教科書はご近所の上級生から譲り受け
カバーをつけて大切に使った
先輩の書き込みなどあった
夏休みの日記帳
自分でつけた花の赤丸
あれはたしかに少女の私

衣類もお下がり
母の手造りなつかしや
ブルマースにひだスカート

人差し指に塩をくっつけ
歯を磨く真似ごと
みるみる虫歯になりました
歯ブラシのない無知生活
みんな貧乏だったけど
なんともおおらかな暮らし
いつも空には太陽があった

小学校の岩山のてっぺんに
二の宮金ちゃん　薪を背負い
御本《ごほん》を読んでおりました

あの方はいつの間にか天国へ
わたしは浦島花子さん

夏の夜空　星々は遊ぶ
学校のグラウンドに幕が張られ
「丹下左膳」や「怪傑黒頭巾」のチャンバラ映画
忘れられないのは「二十四の瞳」
「ノンちゃん雲に乗る」
小さな胸に夢や希望を届けてくれた
どこからかかすかに聞こえる「赤胴鈴之助」の歌
シャラーリシャラリコ　「笛吹き童子」
「少年探偵団」や「怪人二十面相」も
流行っていたような
ラジオドラマは「ビルマの竪琴」
水島上等兵は森繁か

「埴生の宿」の流れし昼下がり
うつし世は夢のごと　夜の夢こそ真とは

物乞いがやって来た
自分たちの喰い物にも困っていたのに
母は米一握り袋にいれて　お恵みを
施しはあたたかく美しい
人は　優しさに満ちていた
一匹のサンマを分けあって食べた晩
七輪の煙が目にしみる

グミの木に　グミの花咲きグミ実る

子はかわれども
今も昔も変わらぬものは母心

淋しさに揺られて咲くは母子草
忘れていたよ　ドドメ（桑の実）の味を
唇そめし　幼き日
あれはたしかに　ふる里の味

麦わらストロー編み編みすれば
ほーたる袋の出来上がり
ほーたるこい　やまみちこい
あっちの水はあまいぞ
おいらの父ちゃん　金持ちだ
おしりがピカピカ　光ってべ

タンボにゃタニシ
バッタもイナゴも遊んでた

川にはシジミ　どじょっこ　ふなっこ　ナマズっこ
みんな友達だった
川の汚れが悪いのか
コンクリートが悪いのか
もう会えないのが寂しい

おっぱいぶらぶら　山羊はメー
むしゃむしゃ食べれば長いお鬚《あごひげ》がゆらりんこ
まんまるお目めは　琥珀です
豚さんの尻をぺんぺん　お話した午後
耳に残るは　ぶーちゃんの声
優しい目をした豚さんに　あいたい
子牛の足にロープをまいてオーエス　つなひきお手伝い
生まれてすぐによろよろと立ちあがる姿に感動
大きな牛は黒い瞳をうるませて　売られていった

達者でなー　家畜と暮らしたあの日々恋し
牛なかず　豚もいない古里
ニワトリも　時を告げはしない
ゲージの中で　飼い殺し
荷車ゴトゴト　ゆられた道は
コンクリートの　灼熱地獄
農家は田んぼをやめ畑をやめ
サラリーマン暮らし
農業の基本は米や麦を作ること　ではないのですね
後継者はおりません　あるのは耕作放棄地だけ
黙する哀しき農機具に積もる塵
命を支えてくれる　食べ物は外国からきます
いいのでしょうか　自給率は四割を切りました
野菜工場大繁盛　タネ屋は世界を牛耳ってます
遺伝子組み換え食品で　作られる体

保存料で増える　体重
御先祖様如何　致しましょうか
開けゴマ　まじないかけてみましょうか

かおるかおる　若葉が香る
薫ちゃん　お元気ですか
ああ同胞よ　あの日のままで
幼き日に帰らん竹馬の友よ
恩師のまなざし温かく
いずこに逝きしか友語らん
片思いのあの人は
少し痴呆になりました
刻の神は容赦ない
ニッキの木の下で
友と歌った灯台守の歌

今も聞こえる
青い空　美土里なせる野に山に

村の鎮守《ちんじゅ》の八幡様にゃ
アウンの呼吸の守り神
こまいぬのメスには　今も角がある
オスは猛々しく受けて立つ
手を合わせれば秋まつり
笛や太鼓の音がする

てる坊ちゃんは
六月の雨に
ぬれて泣く
あした天気にしておくれ

桐の花　上品に香しく
薄紫に花咲けど
娘は嫁ぐこともなき

蜜蜂　はなまる　気をつけろ
あっち野原にゃ　農薬散布
レンゲ畑じゃ　お葬式
早く仲間に知らせなよ

ジャンガラもろこし　大釜いっぱい
むしゃぶりついて食べたっけ
おじゃがにさつま　食べたい放題
今でも大好き塩ゆで落花生

祝いの膳には　お赤飯にトト添えて

ひなまつりにゃ　雛あられ
月見の晩は　タンサンまんじゅう
彼岸来れば　ボタもちを
恵比寿講には　まぜご飯

護国豊穣　八幡様の
おかめひょっとこどこいった
祭りの太鼓は聞こえません
寄り合いもいたしません
賑やかな宴会の晩思いだす
芸者ワルツのなつかしや
お隣さんはなにする人ぞ
金と言う富を得て一番大切な
金で買えない情をなくしてしまった

歳の暮れには大掃除
タンスも仏壇もみんな裏庭に運びます
まっ黒けの位牌の束にもハタキきかけ
ご先祖様の過去帳に思いをはせる
畳はポンポンたたかれてきれいになります
引っ越しみたいな大掃除　すす払い
父は覆面マスク
竹の長いほうきで蜘蛛の巣そうじ
汚れを取り除き正月神様をお迎えだ

お正月はいいもんだ
御目出タイさん
スルメに昆布　新巻鮭も
神棚いっぱいお供え物だ
七色繭玉《まゆだま》　ぽんぽんあげて

荒神様に氏神様　手洗場神様
門松立てておんべろあげて
コマを回して羽根つき遊び
みかんコロコロ戴いて
父ちゃんの作った雑煮を食べて
おとそで祝うめでたい日
家内安全　商売繁盛　五穀豊穣
新しい年神様に感謝感激乾杯だ
道祖神様の太鼓鳴ると
正月飾りをおたき上げ
その火で団子や餅を焼いて食う
煙にあたり無病息災

七草ナズナ　白い花
ペンペン草を手折りて行かん

ペンペン草は三味《しゃみ》の音
ペンとひきゃ　ペンとなく
ふるさとの美わしき日々

鬼は外　福は内　鰯の頭を焼き申す
まめがら　我が家の看板だ
鬼の目にも涙だね
福の神には　感謝だね

ふるさともとめて　花いちもんめ
かってうれしい　花いちもんめ
懐かし友よ　生きてるかい
路地裏はコンクリートの塊に
あの日の子守唄は　彼方へ消えた
あぶくたった　にえたった

わらべ歌も　みんな　もう聞こえない
スマホとにらめっこのママたちばかり
今じゃわたしもホウズキ婆さん
昇る朝日に両手を合わせ祈った日
愛しき日々よ
遠い昔のことでした

夕焼け小焼けの歌はゴミやさん
赤とんぼさえ消えて行き
ホタルは一匹もおりません
あした天気にしておくれ
子どもに返りいってみた
古足袋のほつれ繕いし夜
下駄の鼻緒も懐かしい
ゴム草履を投げて占いしあの日

秘密の箱を開ける
戦死した叔父達の形見は
海軍の白い制服　国防色の軍服
ミッドウェイ海戦を報じた新聞
日の丸の寄せ書きは　滲んでいた
アルバムには青春の夢と　寂しい面影
零戦出撃　特攻姿で　何を微笑む
山本五十六　感謝状　それが何だ
インド洋へ突撃　藻屑と果てた命
息子を返せと　百辺叫んでも帰らない
戦争は生きるか死ぬか
殺すか殺されるか
哀しみ怒りを胸に押し隠し　祈った日々
ゲートルには　若き日の父の無念がしみ込んでいた

犬死とは言わせまい　南無阿弥陀仏
人は人を殺してはならぬ
人は人に殺されてもならぬ
犠牲の上に今のこの国が築かれたのだ
正義とは何か　守るべきは何か

知らなかったよ
ハイケンスのセレナーデが
兵士を前線へ送る時の歌だとは
軍帽かぶり義手義足で白装束
傷病兵の奏でるアコーディオンもの哀し

わが郷土の零戦設計者
夢をかなえた男　堀越さん
名主の息子だったという

あの人は歩きながらいつも英語の勉強していたよ
祖母はその人をよく知っていた
優秀な人材は哀しいかな戦争に利用されたのだ
七興山《ななこしやま》のてっぺんには悲劇の零戦記念館がある

夏の宵　母の絶叫で裏に飛び出した
暗闇に隣の八ちゃんがマサカリを持って立っていた
母は柿の木の下で恐怖に震えていた
殺されるところだった
彼は戦争で神経を病み気が狂っていた
本当に怖い晩でした

かあちゃん覚えているよ
土浦　霞ヶ浦での新婚時代のスイートな話
かっこいいエリートの彼に

ぞっこんだったんだよね
青春の全ては戦争で奪われた
数か月の我が子を抱く事もなく
この世を去った彼
遺児はあとを追うように露と消えた
夫の戦死　時効のない喪失感
辛かったんだね　頑張ったね
セピア色の写真の中の幸せ
あれから七十年
戦争のむごさを知る世代は去り
原爆投下の日まで忘れられようとしている
驚愕の事実だ　七〇%も知らないなんて
過去に学べと声をあげる時

勝って来るぞと勇ましく

誓って国を出たからは
母の歌うもの哀しい軍歌
Ｂ29の怖さをよく話していたものだ
私は数か月の赤ん坊
むんむんとする防空壕で泣くばかり
今も聞こえる切なく哀しく赤とんぼの歌
わたしは母の歳を超えて
その時の母の気持が少し解るようになった
かあちゃんごめんね
謝るしかないわたしです
ぬかるみの中走り続けた母
戦火をくぐりぬけ平成に生きた母
母は私の手を握り
黄泉の国へ旅立って行った
わたしは誰の手をかりて

旅立って行くのだろうか

父の念仏　村の衆と合掌
ご先祖様から受け継いだお念仏
ばあちゃんの葬式に唱えていた
親鸞さま　浄土真宗の有り難い教え
父がとても敬虔な人に見えた

遺骨のないお墓に墓参り
戦死した叔父達の魂は
どこをさまよっているのだろう
ふるさとに帰ってこられたのだろうか
街角の傷痍《しょうい》軍人の姿も今では消えた

生きる者は忘れないあの戦争を

見果てぬ夢を捨て去って戦死した若者たち
夜のしじまに慰霊塔
終戦記念日　蜩《ひぐらし》の大合唱
父よ母よ　御先祖様よ
わたしたちを見守り下さい
教科書に墨を塗る日がきませんように
再び戦争を起こしませんように
地上から戦争がなくなりますように

四羽の小鳥たちは　いざ出発の時
一人また一人　家族は去ってゆきました
一つ蚊帳の中でごろ寝をした日々
巣立ちしたひな鳥は
もう古巣には帰らないのです
手を振る両親後にして

大空目指し　飛び立っていった
それぞれの　我武者羅《がむしゃら》人生　半世紀
人生いろいろ　ど根性がえる　ベストを尽くせ
歓喜の歌を唱いつつ　過去にお別れ
孤独族にとっては近くの他人さまが頼りです
新しい時代を生きるのです

関越自動車道が出来ました
先祖の墓は御引越
大きな墓石の文字も消え
ご先祖様の墓石行列
耕運機が入りました
トラクターも買いました
自家用車は一人一台
兄弟はそれぞれの道を

走り続けています
父は肺癌　七三歳でこの世を去った
母は大正昭和の荒波を乗り越え
一人暮らしの平成に自主独立の生き方を貫き
私達の鏡でした　享年九二歳

お盆様　煙を焚いてお迎えしましょ
胡瓜《きゅうり》のうんま（馬）で参ります
お帰りは茄子《なす》（牛）に乗ってゆっくりと
恋しいわが家にさようなら
南無阿弥陀仏　浄土真宗
お坊さん借金作り夜逃げかな
方言さえも逃げ行きて
いつしかふるさと遠くへいった
まほろばの里　心の中に

そっとたたんでおきましょう

御巣鷹の　尾根に眠りし　五百二十人
傷跡ふかし　慰霊の登山
幾多の命　永久に忘れじ
時流れ　あれから三十年
母校は遺体安置所であった
空白の　十六時間
今　明かされた真実　遺族の無念
繰り返しません過ちは　昇魂の碑に誓う
日航の若き社員の玉の汗
犠牲者の御霊よ　安らかにお眠り下さい

ああ無情なり原発の
死の灰浴びせてなるものか

蝶よ　花よ　鳥たちよ
うるわしき野よ山よ畑よ
星降る里よ
産まれ育ちし我が故郷よ

昭和は遠く　過去に葬られ
平成は猛スピードで進化
けしてなだらかではない
戦後復興　所得倍増　過労死　オイルショック
バブル崩壊　経済の低迷　大震災・原発事故　メルトダウン
自殺やいじめ　虐待　少子化そして高齢化社会
狂いだした歯車　温暖化　ＴＰＰ　自衛権　九条改悪
オスプレイが近くで飛び始めた
この国の未来は戦争の臭いがする
火山の爆発　地震国

ゆれが止まらないこの国　戦後七十年
五放時代とは何事ぞ
恋愛　結婚　出産　マイホーム　人間関係の五つが追放されたら
これからの日本はどこへむかってゆく
繰り返しません　過ちは
沢山の目で監視する時だ

季節は自然の恵みと共に巡り
花は咲き　鳥歌い　風そよぎ
いつしか大人になった
気がついた時は　人生の終着駅が見えてきた
今何をしたらいいのだろう
自分に問いかけながら行くこの道
爽やかな風に吹かれて
一期一会　百唱百会

私は行く　人生は冒険だから
チャンスの神が声をかけてくれた今
新しい旅へ　命の理由を探しに
燃え上がる炎の中にあの頃の記憶がよみがえり
泉のように湧きあがり
さざ波のごとく寄せては返す
見失った記憶は　私の中に深く沈んでいる
むせび泣いた夜もあった
歓びに震えた時もあった
一つ一つ壁を乗り越えて生きてきた
人生はまばたきにも似て　一瞬だ
生きている不思議　死んで往く事もまた
艱難辛苦《かんなんしんく》のその果てに

自分を乗り越え　私は強くなりました
正義は勝つと信じていたから
悲劇を喜劇に転換出来た
感情を理性に置き換えられた
今はもっと優しくなりました
平成の自由人になれそうな気がする

# あとがき

早寝早起きのわたしはラジオ深夜便のファンである。ラジオ体操に行く前、明け方布団の中で、うとうとしながら情報に耳を傾けている。ある日「コールサック社」鈴木比佐雄さんの詩の話に出会った。ボリュームをあげ、ラジオを抱え込んで耳をすませた。〝これだ‼ 私の求めていたものは‼〟まったく詩の世界に疎い自分であったが、鈴木さんの詩論は心にスーと入り込みワクワクした「コールサック」って何のことかなー、なんか不思議な会社にも思えたが、早速連絡をとってみる。宮沢賢治の世界を再現したような会社の理念に惹かれた。しかし、誠実な鈴木さんにお会いし、改めて凄い会社であることが分かった。『平和をとわに心に刻む三〇五人詩集』にも応募させて戴いた。戦死した叔父達の無念を伝えたくて書いた詩だ。ご縁がありこの度、詩集を編んで戴く事になった。現代詩は難しく、なかなか行間が読めない自分である。私はストレートな表現しか出来ない。しかしありのままで良いとの助言を戴きほっとした。出会いの不思議なご縁を感じる。

何気ない日常にある輝きを、言葉にして行く作業は楽しい。いつもアンテナを張り、生きて行ければ活性化にもなる。心に滲みる絵のような詩が書きたいと、ひそかに思い楽しんでいる。

六十五年まえにタイムスリップして自分の生まれたふるさとの想い出を残したいと考えた。書き始めたら止まらなくなった。生まれ育った古い屋敷の情景がまぶたに浮かぶ。鍵のない暮らし、自然の時計と共に暮らした日々や土埃の道など忘れられない。ションベン桶の臭いや祖母の声もなつかしい。肥溜の淵にしゃがみ、尻の回虫をつかみ引っ張り出した時の不気味な感触も残っている。昇る朝日に手を合わせ祈った日々、悪いことをすると神様の罰が当たることを信じていた。貧しき中にも温かい人々の暮らしがあった。

私の生まれた家、数百年の歴史ある古民家は何もかも黒光りしていた。両親は朝飯前のひと仕事。弟達は牛や豚の世話。わたしはふき掃除が日課だった。夕飯作りもまかされていた。夜なべ仕事もあった。父は冬場の農閑期出稼ぎ、土木仕事。女衆はまぶし作りやむしろ織り、縄ないなどの手仕事に明け暮れた。広場にはとっかん屋もやってきた。香ばしいとっかん豆が懐かしい。

茜色に沈む夕日の中で飛び交う赤とんぼ、落ち穂拾いの少女、土に藁を混ぜてこね、壁塗りの手伝いをした日のこと。布団の綿入れの手伝い、女学校時代の思い出話の時、母の声は弾んでいた。真冬の乳しぼりは厳しかった。牛にバカにされ蹴られた事もある。一つ一つが鮮やかに思い出される。食べ物を粗末にすると目がつぶれると言われ育った。死にそこねたこともあるが、命繋いで生きてきた。そして自分の原点が空っ風と共に、ふるさとにあることを改めて認識した。今は亡き両親も私の中に甦り、あの頃の生活が懐かしく思われた。「勉強はあとにして手伝え」と言われ育った時代、嫌なことは忘れた。学校ではこけしのあだ名をつけられ、内気な子だった。真面目でしんがあるといわれた事もあるが、勉強のことは忘却の彼方へ消えた。

高度成長期をかけ足で突っ走り、バブル期を我武者羅に生きてきた七十年の歳月、失われたものはみな美しく見えた。書きながら、「石をもて追はるるごとくふるさとを出《い》でしかなしみ消ゆる時なし」(啄木)に似てほろ苦い哀愁に思いをはせている。

なお、出版にあたって編集や栞解説文を書いて下さった鈴木比佐雄さんや装幀などのスタッフの皆様に心より感謝申し上げる。

二〇一五年十月　　　　堀田京子

# 堀田京子（ほった　きょうこ）　略歴

一九四四年　群馬県にて出生
一九六三年　上京。私立保育園10年・豊島区立保育園30年勤務
主にわらべ歌の指導。

〈著作〉
二〇一〇年　『人生・ドラマ　私の2009年』自費出版
二〇一一年　『随ずいずっころばし』自費出版
二〇一三年　『なんじゃら物語』文芸社
二〇一四年　『随ずいずっころばし』『花いちもんめ』文芸社

二〇一五年　『くさぶえ詩集』文芸社

詩集『大地の声』コールサック社

合唱やオカリナサークルで活動の傍ら、地域のボランティア活動に参加。

〈現住所〉

〒二〇四-〇〇一一
東京都清瀬市下清戸一-二二四-六

石炭袋


堀田京子詩集『大地の声』

2015年11月25日初版発行
著者　　　　　堀田京子
編集・発行者　鈴木比佐雄

発行所　株式会社 コールサック社
〒173-0004　東京都板橋区板橋2-63-4-209
電話 03-5944-3258　FAX 03-5944-3238
suzuki@coal-sack.com　http://www.coal-sack.com
郵便振替　00180-4-741802
印刷管理　（株）コールサック社　製作部

＊装丁　奥川はるみ

落丁本・乱丁本はお取り替えいたします。
ISBN978-4-86435-229-1　C1092　￥1500E